和科学家一起探案

发动机展览上的爆炸

狄塞尔身边的侦探故事

[德] 格尔特·吕本斯特隆克　著

[德] 浩克·阔克　图

陈萌萌　译

中国人口出版社
China Population Publishing House
全国百佳出版单位

著作版权登记合同
图字：01-2014-7646

图书在版编目（CIP）数据

发动机展览上的爆炸 / （德）吕本斯特隆克著 ；陈萌萌译. -- 北京 ：中国人口出版社，2015.7
（和科学家一起探案）
ISBN 978-7-5101-3172-1

Ⅰ. ①发… Ⅱ. ①吕… ②陈… Ⅲ. ①儿童文学一侦探小说一德国一现代 Ⅳ. ①I516.84

中国版本图书馆 CIP 数据核字（2015）第 034733 号

发动机展览上的爆炸

[德] 格尔特·吕本斯特隆克　著
[德] 浩克·阔克　图
陈萌萌　译

出版发行	中国人口出版社
社　　长	张晓林
网　　址	www.rkcbs.net
电子邮箱	rkcbs@126.com
总编室电话	(010)83519392
发行部电话	(010)83534662
传　　真	(010)83519401
地　　址	北京市西城区广安门南街 80 号中加大厦
邮　　编	100054
印　　刷	三河市天利华印刷装订有限公司
开　　本	787 毫米 ×1092 毫米　1/32
印　　张	4
字　　数	80 千字
版　　次	2015 年 7 月第 1 版
印　　次	2015 年 7 月第 1 次印刷
书　　号	ISBN 978-7-5101-3172-1
定　　价	16.00 元

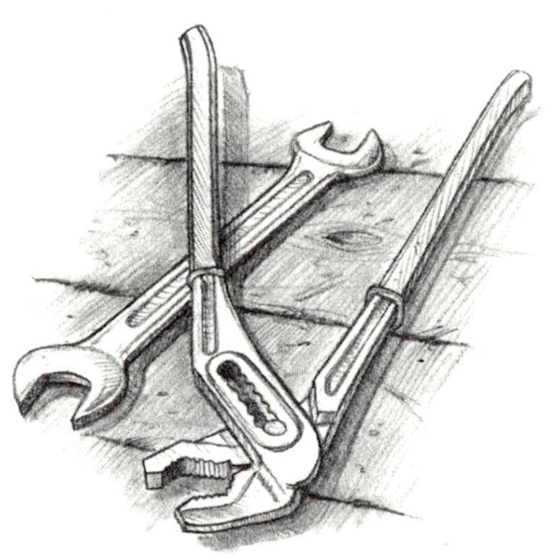

目录

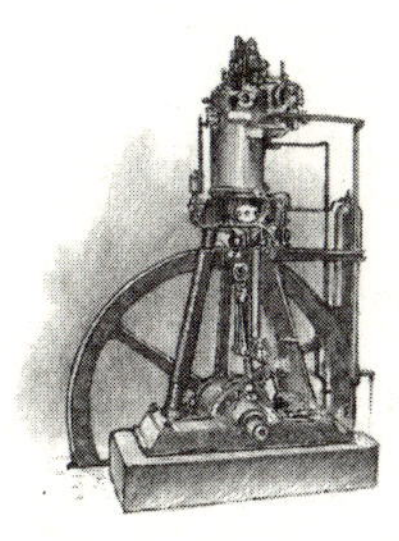

蓄意破坏

那名男子躲在一个门洞内，向外面街上观看。附近教堂塔楼上，中午十二点的钟声正在敲响。

男子穿着灰色的细条纹西装，正午的阳光很热，他刚从铁路货运站跑过来，所以大汗淋漓。

他摘下帽子，用手擦擦额头上的汗。来了！这不是马蹄声吗？他小心地探出头去，果然，一辆马车正从路口拐到这条街上来，后面还跟着一辆。他认识车上装载的东西，在火车站已经打探好了。

在马路对面的露天啤酒馆前面，马车停了下来。门洞里的男子暗自笑了。这正是他所预料的。车夫带

着两名副手下了车，进了啤酒馆，吃香肠喝啤酒去了，这也是正午人们常做的事情。

男子又等了等，然后闪身去到街对面。在第一辆马车旁边，他弯下了腰，做出系鞋带的样子。但实际上，他往四周快速瞄了几眼，确定没有人注意他，随即敏捷地钻到车底下，同时从上衣口袋里掏出了一个长形的东西。

不一会儿，他钻了出来，溜到第二辆车旁边，又钻到了车底下。从另一侧出来后，他拍拍裤子和上衣上的土，用手绢擦擦脸，也走进啤酒馆。

“我可以站起来了吗？”鲁道夫在椅子上不安分地晃来晃去。

他的父亲隔着客厅的大桌子看看他。“什么事这么急啊？”

“他想去看发动机。我可以同去吗，爸爸？”阿于根说。

鲁道夫呲了一声，正想阻止他的弟弟，但是已经晚了。

“看什么发动机？”狄塞尔先生问。

“你的发动机今天要运到煤炭岛[1]的展览馆，”鲁道夫说，“我和约翰想担任运输途中的护卫。”

“护卫？你和你的朋友约翰想护卫运输途中的发动机？”狄塞尔先生微笑地看着自己的大儿子，“你觉得有这个必要？”

鲁道夫卖力地点头：“是你自己讲的，有人吃饱了没事干，专爱阻挠发动机的展览。”

“这个没错，”狄塞尔先生说，“但是，在运输过程中蓄意破坏——我从没有讲过这种可能性。”

鲁道夫的妹妹海蒂用询问的眼神看着爸爸，问：“什么叫‘蓄意破坏’？”

①伊萨尔河上的一座岛屿，位于德国慕尼黑市内。——译者注

狄塞尔先生叹了口气："意思就是有计划地捣乱，把别人的东西弄坏。"他掏出怀表看了看，"好吧。我一会儿也要回发动机和工作机展览中心。"

爸爸这边话音还没落地，鲁道夫已经跑到了楼梯间。他的朋友已经在门口等着他了，还带了一个小姑娘。

鲁道夫觑着小姑娘问约翰："她在这儿干什么？"

"他在说谁？"克拉拉·盖特纳也扬着眉毛问自己的哥哥。盖特纳一家住在两条街以外。约翰和鲁道夫在同一个学校上同一个班。

"我妈妈让我带着克拉拉一块儿玩。"约翰难为情地说。

鲁道夫抱怨起来："这下我们不仅要照顾机器，还要照顾你妹妹了。"

"我已经够大了，不需要你们照顾！"克拉拉生气地说。

"那你就自己照顾自己吧。"鲁道夫说，"走，约翰！"

他抓着朋友的胳膊，转身就跑，一直跑到沙克街的尽头，转过弯不见了。

“等等我！”克拉拉跺着脚，气呼呼地喊。这些男孩子脑子里想的是什么呢？他们以为她会傻站在那儿吗？那他们可错了！

幸好她知道他们要去哪儿。克拉拉了解这个社区的每条道路。她没有沿路去追，而是抄了个近道。他们会见识她的本事的！

跑了两条街，约翰和鲁道夫上气不接下气地停了下来。

“你觉得我们有没有甩掉她？”鲁道夫喘着气说。

“我想甩掉了，”约翰点头说，“克拉拉跑得很快，但没有这么快。”

两个人又往前走了一段，就看见了两辆载着大木箱子的马车。

“体积还挺大的……”约翰给出了专业的评价。

“而且重量不轻……”一个声音从他们身后传来。他们扭过头，克拉拉站在他们后面，正得意地笑着。

“你是怎么到这儿的？”约翰不敢相信。

克拉拉耸耸肩：“我们女孩子有女孩子的办法。”

“好吧，”鲁道夫表示无奈，“那你就跟我们一块

儿吧。”

“我们现在要干什么呢？”克拉拉问。

“我们要护卫机器。”约翰郑重地说，“你们看见了，每个人都有可能是破坏者。本世纪最伟大的发明就放在这儿，却连个护卫的人都没有。”

“切，别夸张啦！”克拉拉不相信。

约翰翻了个白眼：“你来告诉他，鲁道夫。”

“约翰的话没有夸张。这台柴油机会改变世界的。它比蒸汽机强多了。”

“而且它也小了许多，”约翰补充道，“因此应用广泛，不是只有大型工厂才能使用。”

克拉拉看了看两辆马车上的货物，说：“我看它们一点儿也不小。”

“你根本不懂机械制造。”约翰拉长音调，“女孩子就是这样，这是改变不了的事实。”

克拉拉正要反驳，身后说话声响起，赶车的人喝完啤酒出来了。他们赶着车走，约翰、鲁道夫、克拉拉跟在旁边。

没走几米远，背后咔嚓一声响。鲁道夫忙转头看，这时，马车右边的车轮脱离了车身，正向他滚来。吓呆的鲁道夫眼看要被碾于轮下，幸亏有人推了他一下，使他歪到了一边。

是约翰急中生智救了他。

“哎哟——”鲁道夫从地上坐起来，揉着自己的膝盖。

这时，又是咔嚓一声，第二辆车的车桥也断了，车身摇摇晃晃地停了下来。“啊不！”克拉拉失声叫道。因为她看见随着车底倾斜，大箱子已经要滑下来了，先是一毫米一毫米地滑，然后越来越快，眼看要砸到地上了。固定箱子的绳子已经快被扯断了。车夫们急急忙忙从驾车的高座上跳下来，用尽全力顶住了滑落的箱子。

“嘿，你们几个！”一个车夫冲他们三个喊，“快去找人帮忙，快！”

鲁道夫急忙站起来。“你去啤酒馆里叫人！”他冲克拉拉喊，“约翰和我留在这里帮忙！”

克拉拉跑开不到一分钟，十来名壮汉就从啤酒馆里赶了出来。在第一名车夫的吆喝指挥下，他们爬到车上，拉住绳子。车夫们和另一些人在下面扶着箱子。大家一齐使劲儿，把箱子一点点地降下来，稳稳地放到人行道上。

约翰和鲁道夫甩甩疼痛的胳膊。

“这东西真是沉得要命！”约翰在额头上擦了一把汗说。车夫和赶来帮忙的人激烈地讨论着这起事故的起因。两个男孩子在听他们激烈的讨论。没有人注意到啤酒馆门口偷偷观察这一切的那名男子。

克拉拉仔细地观察了一下折断的车桥。“快看！”她冲哥哥和鲁道夫喊道，“这不是意外，”她说，“有人在两辆车上做了手脚！”

?克拉拉从哪里看出这不是一起简单的意外事故?

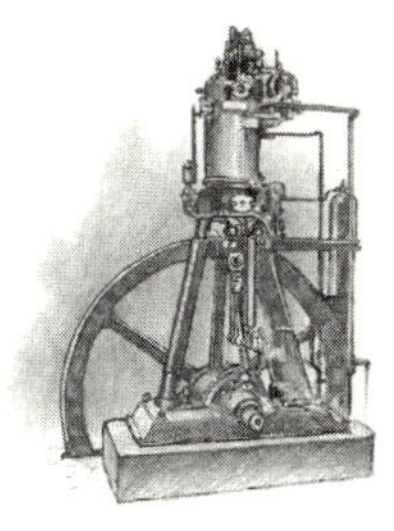

跟着他

“你从哪里看出来的？”约翰疑惑地看着她问。

克拉拉弯下腰从车底下拉出一个东西：“看。”这是一块灰色的布料，常见的西装料子。布的一边撕成了不规则的形状，上面还扯下来一根线，线的一头连着一个鹿角的扣子在晃悠。

“坏人把自己的衣服夹在了里面，可能比较着急，就撕破了。”克拉拉说。

约翰不以为然：“或许这块布一直就在这儿呢？”

“或许两个车桥同时断裂纯属偶然呢？”克拉拉反问道。

约翰不知道怎么回答。

鲁道夫看着他们兄妹俩。“或许坏人还在附近呢！”他说，“快，我们找找看！”

这期间来了很多围观的人。三个人在人群中溜达，搜寻西装上少了一块布的人。

克拉拉默默地走到人堆外。她已经快放弃找到坏人的希望了，这时一个倚在啤酒馆门上的男子引起了她的注意——他穿着一件灰色西装，而且西装的一个口袋被撕掉了！

克拉拉回头找约翰和鲁道夫，但是隔着人群看不见他们。她该怎么办？这时那名男子直起身，慢慢走

开了。这使得克拉拉拿定了主意。她把两根手指插到嘴里，吹了三声口哨，然后跟了上去。

鲁道夫和约翰隔了没多久就出现在她身边。克拉拉指指前面的人。

“他就是坏人。”

“你确定吗？”约翰问。

克拉拉点头：“他上衣有个洞，而且，为什么他要这么鬼鬼祟祟地走开？”

这时前面的人扭头发现了他们三个，立即加快了脚步。克拉拉、约翰和鲁道夫不得不小跑着跟上他。

那人走到街道尽头，在转角拐了弯。他们以最快的速度跟了过去。

走到转角时，他们放慢了脚步。鲁道夫小心地探出头去，看见那人已经快走到下一个路口了，赶紧加快脚步追了上去。

他们气喘吁吁地赶到下一个路口，但是陌生人却不见了踪影，只有远处一辆电车咔嗒咔嗒地开走了。

“没希望了，”鲁道夫喘着气说，“他可能在任何地方。很有可能坐电车走了，正在车里偷笑呢。”

三人沮丧地你看看我，我看看你。“现在怎么办呢？”克拉拉问。

鲁道夫耸耸肩。约翰说：“不管怎么说，我们应该在这里找找。或许他只是藏在候车亭里了。”

于是克拉拉和约翰搜寻附近的街道，鲁道夫去候车亭那边查看。候车亭里空空如也。鲁道夫没精打采地踢着地上的一个苹果核。苹果核滚到了一张纸上。鲁道夫眯起了眼，这是什么？他跑过去弯腰捡起来，原来是几张折叠着的纸。“嘿！快来看！”他喊道。

克拉拉和约翰赶紧跑了过来。“这一定是那个陌生人丢的！”

“也有可能是别人兜里掉出来的啊。”克拉拉不以为然。

“是啊，比如上车时掏钱包不小心带出来的。”约翰也说。但是兄妹俩还是围上来看鲁道夫展开纸张。这是一封手写的信。发信者没有写收信者的名字，信件以“我亲爱的朋友”开头。

在第一页他们就看到了数个“狄塞尔”这个名字。

“你说得对，”克拉拉说，“这封信一定是那个人的！”

鲁道夫小心地把信重新叠起来：“也许爸爸能看

地方。两辆替换的马车已经开过来了。鲁道夫的爸爸跟一个瘦高的人站在一个发动机旁。他叫奥托·豪普特曼，狄塞尔先生最好的工程师之一。他正对狄塞尔的话点头表示赞同，然后绕到车边一堆人里，给他们指示。

三个人挤过人群，来到狄塞尔先生身边。

“爸爸！”鲁道夫见面就喊，“这不是意外！”

“我知道，鲁道夫。”狄塞尔先生把手放在儿子肩上说，“我们检查了车桥，它们是被锯断的。”

“坏人丢了这个！”鲁道夫兴奋地举起那几张纸。

狄塞尔先生接过纸展开，额头上凝起了皱纹。他扫过后几

张，然后抬起头。

“埃米尔·卡皮庭[①]”，他自言自语道。

“什么皮艇？”约翰问。

“不是皮艇，约翰。埃米尔·卡皮庭。他是法国的一个发明家，他声称我盗用了他的专利，向法庭起诉了我。”见克拉拉听不大明白，狄塞尔先生又解释说，“他说我盗用了他的想法，模仿了他的技术。”

“但是这不是事实，对吗，狄塞尔先生？”克拉拉睁大眼睛看着鲁道夫的爸爸。

狄塞尔先生笑了：“你的信任使我很荣幸，克拉拉。是的，卡皮庭先生所说的专利跟我的发动机没有任何关系。在上一次7月份的开庭审理中他败诉了。但是这好像不能令他放弃继续诋毁我的念头。”

“蓄意破坏！”鲁道夫生气地说。

“不要急着下结论，孩子。”狄塞尔先生安抚儿子，“我们还没有证据证明这起事故是卡皮庭造成的。”

---

①注：原著 Emil Capitaine 译为埃米尔·卡皮庭。

“但是您也认为写这封信的是埃米尔·卡皮庭，不是吗？是他指使那位陌生人损坏了马车。”克拉拉说。

“狄塞尔博士？”豪普特曼在他们说话时走过来，“我们需要您的意见。”

狄塞尔先生把信折叠好塞到了口袋里：“关于这件事我们稍后再说，孩子们。”他跟工程师去了。

其中一个木箱从车上掉下来的时候损坏太厉害，不得不拆掉。于是巨大的机器展现在大家眼前。狄塞尔先生又绕车转了一圈，看看绑得牢不牢，然后摆手示意车夫可以开走了。

马车慢慢启动了，马儿只是慢慢地走，所以跟上车的速度不是一件难事。

克拉拉第一次有机会仔细端详这台大发动机，她被这个钢铁制造的庞然大物震撼了。一个几乎跟她一样高的大轮子被固定在一个高出两倍的金属柱子上。

“一台很棒的机器，是不是？”工程师豪普特曼的声音打断了她的思绪。

“好大。”克拉拉说。

戴着厚玻璃眼镜的工程师笑了，他冲她眨眼：“工厂或者轮船上所用的蒸汽机比这还要大很多。另外，柴油机可以把它耗用的能量的1/4转化成动力，而在蒸汽机和汽油机身上，这个数字只有1/10。”

“所以柴油机比其他发动机对能源的利用更好？”克拉拉说。

工程师点头：“对，不止两倍的好。这一点儿让有些人不服气。”

“护卫队”已经走到了利奥波尔德大街，这是通往慕尼黑伊萨尔郊区的一条街。日头偏西，阳光不那么毒热的时候，他们到达了煤炭岛。

几分钟以后，他们穿过路德维希桥，站在了展馆前，狄塞尔的发动机将在这里第一次向公众展出。

展馆的门打开了，出来几位工人，他们是等候在这里准备卸车、摆放展品的。

克拉拉、鲁道夫和约翰好奇地先跑到展馆里去看，有两台机器已经摆好了。大轮子一半嵌在地下的凹槽里。每个机器都耸出两米高，占地两米宽。排气的管子从展馆屋顶上穿了个洞出去。

鲁道夫从像橱窗一样的大窗户里往外看，工人们正在用木板当滑梯，把新到的机器从车上卸下来。

“蓄意破坏的人想进展馆来破坏是不可能了。”他放心地说。

约翰却摇摇头说：“我不这么看。”

约翰注意到了什么？

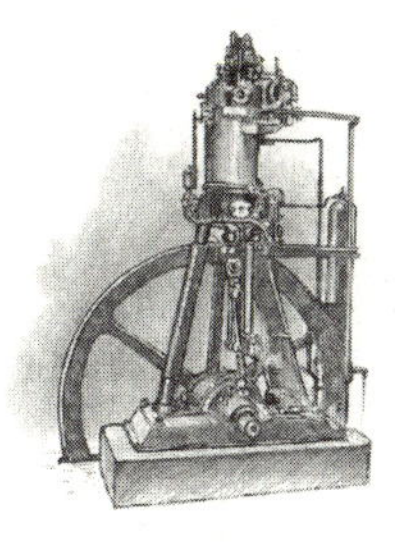

在煤炭岛

“蓄意破坏的人非常狡猾啊。”约翰说。窗户虽然看上去是关着的，但是仔细看就会发现，其中一个绊扣没有扣上，榫头没有插进榫眼里。“这样一来，从外面开窗户可是容易得很。”

他们跑去找鲁道夫的爸爸。狄塞尔先生跟工程师豪普特曼还站在车边。听了孩子们的报告，狄塞尔先生立即命人把窗户关好。克拉拉、鲁道夫和约翰趁便在岛上别的地方转悠起来。

他们走过一座座展馆，来到一个大型展厅。展厅前面的空地上排了一长队的马车，正一点点地往前移

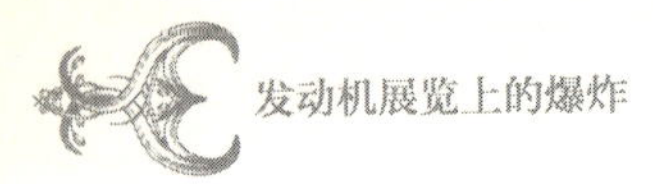

动，等待把沉重的货物卸到各自的展馆去。

三个人顺着大路走到一个大喷水池边，喷泉还没有开始喷水。附近有个十米多高的大木塔，一些工人正在上面做工。走近了才发现，木塔的顶端搭着一架宽数米的巨型滑梯，滑梯的另一头伸入伊萨尔河中。

“谁会爬到那么高的塔上玩滑梯啊？”克拉拉很好奇。

“谁也不会。这不是让人滑的，而是让船滑的。”鲁道夫听爸爸讲过这架滑梯，“游客坐到木舟上，然后滑到水里。”

“哇，那我一定要上去试试！”约翰喊道，“你觉得展览会开幕后，我们可以上去玩吗？”

“当然！”鲁道夫和克拉拉异口同声说道。

他们又转了一会儿，在河边一棵垂柳下找了阴凉的地方，倚着粗壮的树干坐下。克拉拉脱了鞋，把脚泡在伊萨尔河清凉的河水里，心里却想着那封匿名信，她往河里扔着石子，“啪——啪——”！

柳树的枝条摇晃着，簌簌作响。这时不知从哪儿冒出来一个男子的声音：“这是谁家的小朋友，这么可爱……”

他们都吓了一跳，抬头看时，只见一个高大的男子，脸几乎完全被胡子遮住了，长须一直垂到腰间。他戴着一顶灰色的最新款式的帽子，头发也是灰色的。虽然天气炎热，但他却穿着羊绒的大衣，系着扣子。大衣也是灰色的，看得出料子很不错。他的脖子上挂

着一个卖东西的托盘，里面放着一些煤炭岛的风景明信片。

“小朋友们，给爷爷奶奶买张漂亮的明信片吧？”他笑盈盈地把托盘呈到他们面前说。

鲁道夫半信半疑地看了一眼他的托盘。

“您的商品不算多嘛？”他试探着问。

“你这个……”那人似乎要发作，但马上忍了下来，重新拿出假惺惺的友好腔调说：“你们了解的，现在游人还不多嘛。所以我不用拿那么多货。”

他走到鲁道夫面前弯下腰。鲁道夫觉得他的胡子尖快碰到自己的额头了，不自觉地往后退了退。

那人摸着胡子对鲁道夫说：“你看起来很面熟，小孩子。我认识这张脸，它让我想起了某个人……”

“您想干什么？”克拉拉跳起来说。

那人笑了，但不是友好的笑。

“狄塞尔！”他喊道。他伸出食指指着鲁道夫，抬手的时候露出了大衣里面的细条纹西装。“你是小

狄塞尔，是不是？”

“是又怎样？”鲁道夫倔头倔脑地问。

克拉拉看见陌生人脸上现出狞笑，眼放凶光，越来越阴险。他一边说一边向鲁道夫逼近，两个男孩子不由得站了起来，背靠着柳树。他们像被催眠了似的盯着这个右眼下方有道疤痕的人。

克拉拉着急地往四面看看——柳树后面是长刺的灌木丛，前面的小路被这个高大的神秘人物给占严了——他们是无路可逃的。

“你放开！”克拉拉喊道。

“我并没有对你们做什么呀！”卖明信片的人笑着说，“我只是想问你们几个关于发动机展览的问题而已。”说着他抓住了鲁道夫的胳膊。

“你走开！要不然我喊人了！”克拉拉努力使自己的声音有力一点儿。

陌生人只是阴冷地笑着。

“哎呀呀，”大胡子身后忽然响起另一个声音，“我

知道做小买卖不容易，但是因此就要这么强人所难吗？”

卖明信片的人吓了一跳，马上松了手。他紧张地转身看去。克拉拉也得以看见他身后说话的人，那是个瘦高的年轻人，戴着黑色的破礼帽，披着黑色的长披风，披风上闪烁着深蓝色的缎面星星。

“管好您自己的事就行了！”卖明信片的人对新来的人发威。

穿黑色披风的人对这句充满威胁的话不予理睬：“此处发生的事刚好就是我的事。”

“我只是问小孩子几个问题，没有别的。”大胡子这么说着，可是声音已经不像先前那么自信了。

“是这样吗，孩子们？”星星披风问他们三个。

“他打听得很怪。”克拉拉回答。

“如果他现在走开，我们会很高兴。”鲁道夫说。约翰和克拉拉点头附和。

“您听见了，孩子们想让您走。”星星披风说，又补充说，“我也是。”

有那么一秒钟，卖明信片的人看起来有一种想吵架的架势。他的脸，露在大胡子外面的部分涨得通红，他努力克制着。

“哼！”最后他重重哼了一声，走开了。几步之后就消失了。

“他暂时不会烦你们了，”星星披风说，“但是你们不能待在这个偏僻的地方了。”

他们一起回到主楼前面的喷泉处。“我只是奇怪，这么一个卖明信片的人怎么会对爸爸的发动机那么感兴趣。”鲁道夫说。

“那个人肯定不是什么卖明信片的，”约翰说，“你们没有注意到什么不对吗？”

约翰注意到了什么？

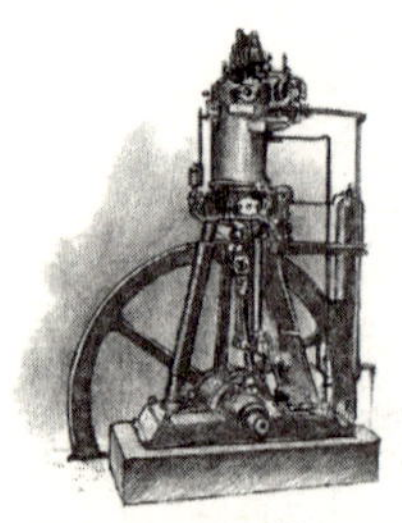

威胁纸条

克拉拉不解地看着哥哥，忽然她拍了一下自己的脑门："对呀！精致的羊绒大衣、时髦的帽子、上等的细条纹西装！对于一个卖明信片人的来说，这身打扮也太贵气了。但他是谁呢？"

约翰和鲁道夫耸耸肩。"这家伙的目的是得到发动机的信息，这一点我非常确定。"约翰说。

"那他是爸爸的对手？"鲁道夫问。

约翰点头："甚至可能是蓄意破坏的那伙人。"

"等等，等等，别急着下结论嘛！"一直沉默的救星说，"只因为他不是卖明信片的，也不能推断他

一定是个坏人啊。”

“这样啊，”克拉拉大声地说，“那您这一身打扮，葫芦里卖的又是什么药呢？”她指着他披风上绣的深蓝色缎面星星。

那人神秘地笑笑，摘下他的礼帽，冲他们深鞠了一躬，说：“请允许我介绍自己，在下人称魔术师马克西姆。”

三个小孩睁大眼睛看着他。

马克西姆点点头继续说：“玩扑克牌和逃亡是我的特长。”他动作敏捷地把手伸到克拉拉耳后，抓出来一个红球。克拉拉惊讶地看着他，男孩子们笑了。“作为魔术师，我当然可以神秘现身，又神秘消失——我现在就要消失啦，还有点儿事。”

说着他一抖披风，转身向桥的方向走去。

“谢谢您的帮助！”鲁道夫在后面喊。

马克西姆转身招了招手：“后会有期，朋友们！”

三人都笑着挥手回礼。

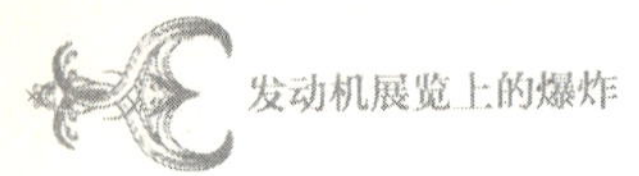

回到家吃晚饭时，鲁道夫见饭桌边坐了一位陌生人。等妈妈和弟弟妹妹也就座了，爸爸开始向大家介绍客人。

“孩子们，这是胡伯先生，他是我的一位重要的工程师，今天专程从奥克斯堡赶来的，负责机器的安

全。他将在我们家待到展览结束。”

胡伯先生友好地冲大家点头：“我已经听说了，你们差点儿抓住了一个蓄意破坏的人。”

鲁道夫点头：“而且我们今天在煤炭岛恐怕遇见了另外一个蓄意破坏的人。”

“真的吗？你还没有跟我讲这事。”狄塞尔先生吃惊地看着儿子。

鲁道夫讲了他们遇到自称卖明信片的人的事。

“你说那人有长长的、浓密的胡子？”爸爸问，“还注意到什么别的面部特征吗？”

鲁道夫想了想说：“他的一只眼睛下面有个疤，我想，是在右眼下面。”

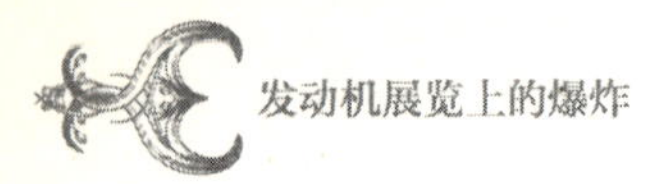

“哈！”狄塞尔先生站了起来，“这是吕德斯！我应该想到的！”他激动地在房间里转来转去。

“谁是吕德斯？”鲁道夫问。

“他是亚琛工业大学的教授。”胡伯工程师说。

“一位令人尊敬的教授！”鲁道夫的爸爸喊道，“他数年来都跟学生和公众说，我的机器不可能运转起来。”

“但是每个人都看见了，它们是能运转的。”鲁道夫说。

“如果他不想看见，他就看不见。”鲁道夫的爸爸稍微平复了一下情绪，坐回了桌边。“吕德斯教授声称，他仔细研究了我的专利，根据我的专利说明书不可能造出一个能运转的发动机。”

“如果需要的话，他可能还会自己出面说明此事。”胡伯工程师说，“不然他为什么这样一副打扮出现在煤炭岛呢？”

狄塞尔先生摇着头：“这我无法想象。我了解吕

德斯，他是个性情暴躁的人，但是蓄意破坏——不会，这不是他的作风。”

饭后，两个大人钻进书房。鲁道夫还想再问他们几个问题，但是他知道爸爸最不喜欢被打扰，只能回自己房间。他拿出积木，漫不经心地垒了几块。约翰答应再过来找他，可是到现在还没来。

鲁道夫已经垒起一辆拖车，约翰才到。鲁道夫赶紧跟自己的朋友讲了晚饭时听到的关于吕德斯教授的事。

“我要是上大学，可不想让这样的人当我的教授。”约翰咧嘴说。

正在这时，他们听见餐厅传来“哐啷”一声响，紧跟着还有尖叫声。两个人跳起来跑出房间。在餐厅，他们发现胡伯工程师和鲁道夫的父母围站在一扇大窗户前。一扇玻璃被打碎了，地毯上到处都是碎片。

狄塞尔先生推开窗往下看，把街道上上下下看了一遍：“看不到人。胆小的无赖！”

胡伯工程师弯下腰从地上捡起一个东西。那是一个拳头大小的石头，上面用线绑着一张纸条。工程师掏出一把小刀，割断了线，然后小心地展开了纸条。

鲁道夫和约翰凑上前去，纸上是笨拙的文字。胡伯扫了一遍。“一封威胁信。”他说，然后把信递给了狄塞尔先生。

狄塞尔先生也把纸条看了一遍。“现在他们居然开始煽动民众反对我们了。”他摇着头说道。

“我们应该认真对待这件事。”胡伯显得忧心忡忡，“如果您的反对者真的煽动了民众的情绪，将会造成无法估量的损失，您的机器说不定都要被砸掉。”

鲁道夫的爸爸若有所思地看着手上的纸条：“但

是我们现在不能放弃，胡伯，在离目标这么近的时候。”

“我可以看一眼纸条吗？”鲁道夫问。他的爸爸把纸条给了他。鲁道夫研究了一会儿，然后说：“这不是普通的慕尼黑市民写的，而是受过良好教育的人写的。”

狄塞尔！带着你的机器滚蛋！我们不想看到晨被炸飞！而且你的机器也根本不能运转！如果你不想自愿离开，我们会帮助你离开。你会经历你从没见过的爆炸。

——一群忧心的慕尼黑市民

？鲁道夫是怎么得出这个结论的？

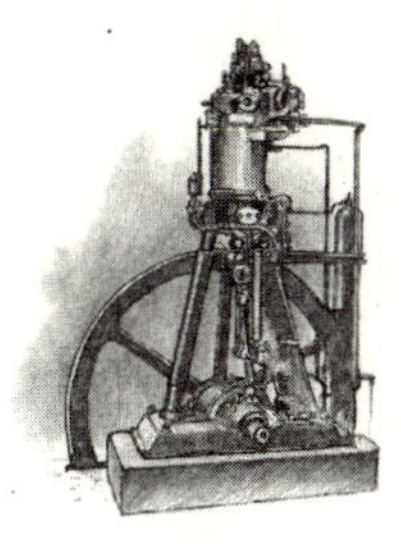

被困地下室

“你们看！”鲁道夫激动地指着纸条，“写信的人想让我们觉得他不会写‘带’‘馆’这样的字，但是像‘机器’‘爆炸’‘慕尼黑’这样复杂的字他却写得完全正确！”

狄塞尔先生点头：“很对，鲁道夫。看得很仔细。这只是想让我们害怕。我们最好不予反应。”

狄塞尔先生用这两句话给这个话题画了句号。女仆进来收拾了碎玻璃，用布料暂且挡住窗户。约翰得回家了，跟大家道了别。鲁道夫经过这一天的折腾也累了，沉沉地睡着了。

第二天早饭的时候，胡伯工程师又提起了这个话题。

“我又把事情的经过想了一遍。对于我来说只有一个结论是可能的——搞破坏的人有内应，就是我们的同事在帮他或者她。”

鲁道夫差点儿被面包呛着。“为什么？”

胡伯的头扭来扭去：“他们怎么知道一些秘密消息，比如运输机器的时间的？”

“但是这太荒唐了！”狄塞尔先生不愿相信，“我的同事都是可靠的人。”

“我也想这么认为。”胡伯切开他的早餐煮蛋，“可事实摆在眼前。您印象中有没有哪个同事在暗中跟您较劲儿？”

“我无法想象……”鲁道夫的爸爸从没想过这种可能性。

“奥托·豪普特曼怎么样？”胡伯工程师继续说，“您不是曾想解雇他吗？”

“这个，这都是过去的事了。”狄塞尔先生摆摆手，“当时只是一个误会。豪普特曼多次在我面前证明了他的忠诚。”

“有些人是容易记仇的……”

“我不想再听下去了。”鲁道夫看得出，对于爸爸来说，讨论已经结束了。

胡伯工程师专注于吃鸡蛋了，鲁道夫也把兴致转移到了自己的面包上。

“胡伯怀疑另一个工程师豪普特曼。”鲁道夫向早饭后来接他的小朋友们报告，“他认为豪普特曼是破坏者团伙的一员。”

“我越来越看不明白了，”约翰挠着头皮说，“先是把车桥锯断的人，然后是打扮成小贩的吕德斯教授，现在又是豪普特曼先生？他们都是一伙的？”

他们快走到煤炭岛时，克拉拉突然站住了。

“别转身！”她压低声音说，“我们刚刚经过的那家咖啡馆前面坐着一个人，就是我们从露天啤酒馆追踪过的那个人，穿灰色西装的那个。”

“你确定吗？”鲁道夫问。

“非常确定。我们该怎么办？”克拉拉焦急不已。但是男孩子们显然还没反应过来，那人往桌上放了几枚硬币，朝和他们相反的方向走了。走到路口，他又快速回头看了一眼，然后消失在转角。

“你们怎么想，我们是不是应该追上他？”鲁道

夫问。

“当然了！”约翰毫不迟疑，“克拉拉，你朝那个方向去，如果我们追丢了，至少你或许能看见他往哪儿去了。”

“但是我们走散了怎么办？”

“不会的。”约翰等不了了，“如果走散了，我们就岛上见。快走！”

他没有等伙伴的回答就跑开了。鲁道夫冲克拉拉点点头：“按他说的办吧。我们待会儿见！”说完他去追约翰去了。

两个男生转过弯的时候，那人已经走出200来米了。他转头看了看后面，犹豫了一下，然后消失在了一个门洞中。

约翰和鲁道夫跟在后面。匆忙中，约翰没有看到地上的一堆狗粪，一脚

踩了上去。他咒骂着停了下来，考虑了一下是不是先在路边蹭掉鞋底上的污垢。最后他还是决定继续追踪。

门洞后面是一个铺石子的院子，通向一个背街的屋子。屋前有一个地下室入口，入口是两扇小木门，其中一扇是开着的。

“他进地下室去了。”鲁道夫猜测。

“那我们就追过去！”约翰跑到对面，后面跟着鲁道夫。小木门下面，一级级的台阶通向黑魆魆的地下室。

鲁道夫犹豫了：“我不知道……”

“你不是想现在退缩吧？”

“也许我们应该等等克拉拉。”鲁道夫不安地说。

“你什么时候需要黄毛丫头为你壮胆了？”约翰激他，“我反正要进去了。”

说着他走进了地下室。鲁道夫犹豫了一会儿，也追随朋友下去了。

到了下面，他们才发现这是一个巨大的储煤室。

虽然有光射进来，但里面还是黑咕隆咚的，看不见对面的墙。

他们慢慢地一步步往前摸索着。突然，一声巨响之后，四周变得一片漆黑。他们像被钉在了原地。

“这是什么情况？”约翰低声问。

“有人关上了地下室的门，”鲁道夫面无表情，“凶手给我们下了套。现在我们被困在这儿了，他可以放心地逃走。你出的好主意！”

“真倒霉！”约翰转身朝出口方向摸索。只有一线微弱的光指引着方向。

“哎，你在干什么？”鲁道夫在黑暗中喊。

“我看看门从里面能不能打开。”

鲁道夫听见木头的咯吱咔嚓声。

“没用。”约翰的声音，“锁住了，我们必须找其他的出口了。”

鲁道夫等他走到身边，两个人一同在“黑夜”里行进。这显然是一条较长的地下室过道，他们在左右

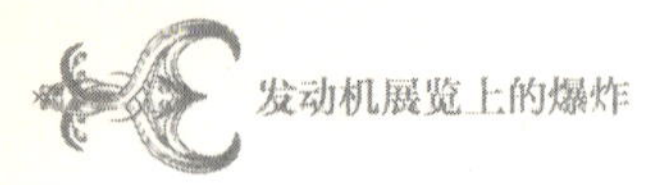

都能摸到门，但这些门都是锁着的，只有过道尽头的门开着。这扇门通向一个正方形的房间，房间里有微弱的光。

“一个卸煤口！”约翰指着对面光照进来的地方，“也许从这儿可以出去！”

他们正想往卸煤口走，却被突然的“咣当”一声响吓了一跳。地下室忽然亮了，亮得让他们一时睁不开眼。卸煤口的挡板被拿开，日光透下来了。

他们快步跑过去，但是还没跑到卸煤口那儿，第一铲煤就哗哗啦啦地砸下来了。约翰及时躲开了，但是鲁道夫被泼了一身。他的鞋袜裤脚瞬时挂满了煤灰。

两个人用尽全身力气喊救命，但是滚滚而下的煤声淹没了他们的声音。他们在越来越高的煤堆前不得不渐渐后退。

突然一切都静止了。卸煤口的挡板合上了，他们又站在了黑暗中。

这时他们听到一个声音：“鲁道夫？约翰？”是克

拉拉。

“我们在这儿！”两人跌跌撞撞地回到过道，看到过道尽头的光，他们稍微平复了一下心情，跑了过去。

“你们在哪儿？”克拉拉的声音又响起。

约翰和鲁道夫穿过中门，回到了他们刚进来的时候经过的那片空间。其中一扇小木门被打开了，克拉拉站在最底层的台阶上，身后是明亮的日光。

“你们在这儿啊！”见到两个男孩从黑暗中走来，她松了口气。

“克拉拉！”约翰喘着气说，“你是怎么找到我们的？”

克拉拉怎么知道，鲁道夫和约翰一定在地下室里？

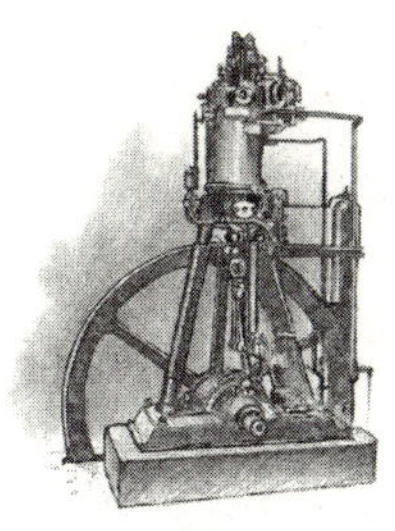

监督官

“您身上的臭味，逆风十里都能闻到啊。”克拉拉嘲笑说，“我是顺着你的狗粪脚印找来的。”

鲁道夫和约翰在明亮的日光下看了看自己，虽然坏人跑了很恼人，但他们还是忍不住笑了，每个人都是一身煤灰。

“天啊，这要是让我妈妈看见了，那就完蛋了！”鲁道夫晃了晃脑袋，抖了抖身子，头发和衣服上的小碎渣像黑雾一般降在了地上。“这次铁定挨骂了。”约翰拿根小棍儿抹去鞋底上残存的脏东西。

“你们最好先在伊萨尔河里洗个澡。”克拉拉建议。

他们一块儿向河岸走去，一路上吸引了无数路人的目光。

在伊萨尔河谷，他们找了一个草丛掩蔽的地方。克拉拉转过身去，男孩子脱得只剩内裤，跳进了河里。洗干净后他们躺在草里，在太阳下把身体晒干。

“我们或许真不是当侦探的料，”鲁道夫若有所思地说，“现在我们已经两次把坏人跟丢了。”

“他比我们跑得快，”约翰说，“所以我们必须多动动脑子。”

“你说到点子上了，”克拉拉在草丛后面说，“你总是想也不想就追过去了，还见狗粪就踩。”

“你女孩子家懂什么！”约翰没好气地说。但是

鲁道夫看得出，克拉拉的话他听进去了。

他们来到展馆的时候，四个柴油机都已经陈列好了。工程师豪普特曼指挥一拨工人在检查螺丝，给零件上油。

三人走过去看着他们忙上忙下。忽然入口传来一阵乱哄哄的说话声，他们好奇地转身，见门口站着一个四十岁上下的瘦高男人。站在他周围的一些工人叽叽喳喳地讨论着什么。

工程师豪普特曼走到人群处。“安静！”他喊道，“发生什么事了？”

一个工人指着瘦高男人说：“这是市里的监督官，他想检查安全措施。我们没法继续干活了。”

奥托·豪普特曼观察了一会儿来客，然后问：“可以出示一下您的证件吗？”

来客看了一眼工程师，好像不能相信他的耳朵所听到的。过了一会儿，他的表情才缓和了下来，从大衣内口袋里掏出一张折叠的纸，递给了工程师："看吧。"

工程师接过来展开，看了一会儿，然后折叠好还给了他。

那人收好他的证件，说："我得检查一下，看看这里有没有遵守安全规章。没有投入使用的机器设备往往最容易给参观的人带来危险。"

奥托·豪普特曼摇头："我们的机器不会。但是如果您坚持要看，我可以领您看一遍。"

"请。"监督官做了个急不可耐的手势。鲁道夫、约翰和克拉拉跟在人群后面，走到了第一台机器那里。

"您能不能把机器给我演示一下？"监督官命令道。

工程师给两个工人做了个手势，命他们启动机器。

只听震耳欲聋的一声响，把监督官吓得往后退了一步。机器先是震颤了一会儿，然后稳定地运转。

监督官正想说点儿什么，另一阵爆炸般的声音响

彻了展馆。发动机猛地一震，然后突突突地开动了。

“这这……”监督官吓得说不出话来，“这太危险了！危及生命！赶紧把这破玩意儿停下来！”

工程师给工人做了个手势，机器又咣当咣当晃了一会儿，停了下来。

“真庆幸我们这条命还在！这机器差点儿就爆炸

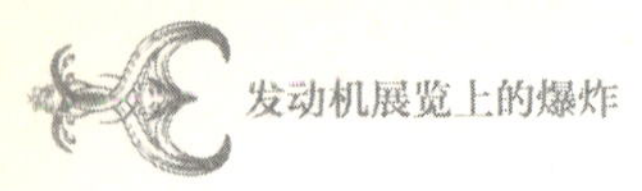

了！”

“不不，”工程师安慰他，“这是正常的。”

“这叫正常？”监督官号叫道，“对我来说，这跟‘正常’两个字沾不上边儿！”他打开公文包，掏出一个信封，递到工程师面前。

“我在此宣布，取消你的机器展览资格！有任何意见，请以书面形式向管理部门提出！”

工程师皱着眉头打开信封，里面是一份看起来很

正式的文件。“取消资格？”他说，“您来之前就写好了？”

“以备不时之需。”监督官回答。他合上公文包：“我未卜先知……毕竟关于狄塞尔先生我已经听到很多新闻了。”

“但是……”工程师想要辩解些什么，然而监督官已经转身走了。

所有人都像被雷电劈了一样站在原地发愣。

“他肯定跟蓄意破坏的人是一伙的。”克拉拉嘀咕着。她跑到门边，并招手让两个男孩子也过来。他们看着那人的背影，互相递了个眼色，像听到了口号指令一样同时跑开了。

那个监督官不急不忙地穿过广场，经过喷泉，走上伊萨尔桥，朝伊萨尔郊区的方向去了。鲁道夫、约翰和克拉拉小心地跟在后面，他们不确定他在展馆的时候有没有注意到自己，反正他们这次得谨慎行事。

追到河边，路上车多了，人也多了，车水马龙给

他们提供了更好的庇护。

那人径直走进了街边一家咖啡馆里。三个追踪者小心地靠近了咖啡屋的窗户。鲁道夫把手放在玻璃上，挡着反光往屋里看。

咖啡馆坐满了人。围着白围裙的服务员穿梭在桌子中间，端着托盘，给客人们送上冒着热气的咖啡、茶和糕点。

“看到什么了吗？”约翰着急地问。

“嘘——”鲁道夫摆摆手。他用目光把房间从左到右系统地搜寻了一遍，才在后面的角落里发现了那

个监督官。他被一个放糕点的玻璃柜子遮住了一半，对面坐着另一个男人。这个男人的脸鲁道夫看不到，因为他是背对着窗户这边的。

“他在跟同伙见面，”鲁道夫转身对两个朋友说，“我看不见他同伙的脸，他是背对着窗户坐的。”

“那我们其中一人就得进去看看了，”克拉拉说，“还是我去吧，如果有人问我进来干什么，我可以说我要上洗手间。我们三人都进去的话太显眼了。”

“嗯……”约翰有点儿犹豫。

鲁道夫把手放在他胳膊上说：“克拉拉说得对，我们在外面等着，让她进去。”

男孩子们透过窗户看着里面的克拉拉。她几乎刚进去就被一个服务员拦住了。她显然说服了服务员，相信她是内急，因为服务员让她过去了，还给她指了指方向。

克拉拉消失在洗手间门口，但三分钟后便出来了。她往外走的时候选择了一条经过监督官身边的道路。

在那两人的桌子边，她停顿了一下，眼睛往四处瞅着，做出在找人的样子。然后她加快脚步走出了咖啡屋，一步跳下三级台阶，走到人行道这边。

“怎么样？”约翰急忙问。

克拉拉得意地笑笑：“我知道这个所谓的监督官是谁了——埃米尔·卡皮庭！”

?克拉拉怎么知道监督官的名字的?

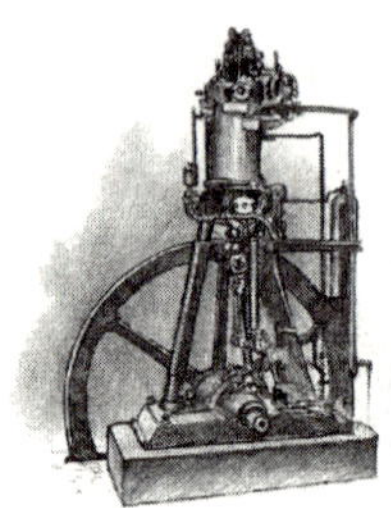

发动机故障

“写着 EC 的戒指？！”鲁道夫叫道，“这只能是埃米尔·卡皮庭了！”

“另一个人呢？坐在监督官对面的人是谁？”约翰问。

“我不认识，但肯定是跟我们作对的人。”

他们以最快的速度跑回煤炭岛。工程师豪普特曼已经不见了，取而代之的是狄塞尔先生和胡伯先生，他们正在机器边比手画脚地讨论。

“豪普特曼应该立即向我报告的！”他们听见鲁道夫的爸爸说，“现在我们得等着明天管理部门开门，

而我们的时间很紧，每个小时都很宝贵！”

“不用等！”鲁道夫说。他先喘了几口气，然后讲了监督官的真实身份。

“卡皮庭！”狄塞尔先生说，“他会做出这种事，真让我想不到。”

“豪普特曼先生去哪儿了？”鲁道夫问。

“他在那个所谓的监督官来过后把所有的工人都遣回家了。”胡伯说，“之后他说自己身体不舒服，也走了。有点儿奇怪，您不觉得吗？”他的后两句话是对着鲁道夫的爸爸说的。

“我不知道什么奇怪、什么不奇怪了。”狄塞尔先生叹着气说，“我想，豪普特曼有他的原因。”

他又转过身对着三个孩子：“来，孩子们，我们回家。我需要新鲜的空气，给我清清脑子。”

第二天早上，三个小伙伴一吃完早饭就来到了煤炭岛。天空万里无云，太阳光直射下来，看得出又将是炎热的一天。他们带着泳衣和野餐篮，走进了展馆。工人们很早就已经开始工作了，他们正在胡伯的指挥下布置最后一台大机器。

狄塞尔先生也在现场亲自照看着，看见他们，招手让他们过去：“来，孩子们，我们现在要启动最后一台发动机。”

他们放下袋子和篮子走了过去。这台巨大的机器正等待试运行。狄塞尔先生给工人做了个手势。

和前一天的其他机器一样，这次也是先出现震耳

欲聋的爆炸声。爆炸之后却没了动静。第二次点火也没能把机器启动。三次爆炸声后，鲁道夫的爸爸示意工人不用再点火了。

“我们得检查一下。”他对胡伯说。他们弯下腰，用扳子在这儿敲敲，在那儿看看。过了几分钟，他们摇着头站了起来——什么问题也没找到。

鲁道夫和约翰跑到了机器另一边，往机器所在的凹槽里看。

“你看见这个了吗？”鲁道夫突然激动地指着机器下面一块暗斑对约翰说。他们赶快趴下去细看。

“一个螺丝！”约翰叫道。

“不是完整的

螺丝，”鲁道夫纠正说，“是一个断裂的螺丝。爸爸，快来！”

一分钟之后，一个工人钻到机器下面检查了底部。他出来的时候神情是严肃的。

“有人移除了密封垫，”他说，“而且不是简单地拧下来的，而是硬生生扯下来的。”

“难怪机器启动不了。”狄塞尔皱起了眉头，“现在真是有麻烦了。”

“为什么？”鲁道夫问，“我们不能换上一个新的密封垫吗？”

“没这么简单啊。密封垫是专门制造的。虽然我们有足够的替换零件，但是我们没有想到这一点，所以就没带过来。我立即给奥克斯堡拍封电报，让他们尽快弄一个新的密封垫过来。对不起。”

鲁道夫的爸爸开始给胡伯作指示。三个孩子把头凑到了一块儿。

“谁会这么干呢？”鲁道夫挠着头皮说，“除了这

里的工作人员，没有人有展馆的钥匙。”

“而且不会是白天发生的，”约翰说，“白天人太多，搞破坏太引人注意了。”

“豪普特曼干吗去了？有人今天看见他了吗？”克拉拉问。

男孩子们往四周瞅瞅，看不见豪普特曼的身影。

“你不会觉得是他干的吧？”鲁道夫用责备的眼神看着克拉拉。

“至少他不在这儿——展览就要开幕了，这很可疑。”约翰说。

“你们不要相信胡伯的话！”鲁道夫说，“他只是想诋毁豪普特曼先生。”但是他说这些话的时候，其实自己心里也不太确定。

展馆里乱哄哄的，他们决定去外面讨论。他们坐在主楼前的喷泉围栏上，思考着下一步该怎么办。这时，远处出现了一个穿黑色长披风的熟悉身影。

“马克西姆！”克拉拉喊道。男孩子们抬头一看，

把他们从吕德斯手中救出来的魔术师第二次现身了。

马克西姆笑着来到喷泉边："今天过得怎么样？还在寻找蓄意破坏的人吗？"

"我们？我们只是可怜的失败者，"鲁道夫摆摆手说，"跟几天前相比，我们一点儿也没有变聪明。"

"好啦，别这么谦虚。"魔术师在他们旁边坐下，"也别丧气，你们还有我啊。"

三个人同时抬起头："您？！"

马克西姆神秘地笑笑："我碰见了你们的工程师。

他不工作，却跟奇奇怪怪的人鬼混着。”

“豪普特曼？您是说他吗？”克拉拉叫道。

魔术师耸耸肩：“我不知道他叫什么，是一个高高的、瘦瘦的人，头发是棕色的，戴着眼镜。”

“那就是他，那就是他！”约翰抑制不住自己的激动，“快讲讲！他在哪儿？”克拉拉和鲁道夫也站了起来。

“我在一个酒馆的后院看见了他。那是赌徒聚会的地方，能赢大把的钱，也能输大把的钱。而且赌徒身份各异，很可疑。”

“豪普特曼是赌徒？”鲁道夫难以相信地摇着头，“这太离谱了。”

“或许这是他变成坏人的原因。”约翰猜测，“他需要钱去赌博。如果有人付钱让他去损坏机器，那么……”

“我们为什么不问问他本人呢？”克拉拉说。

男孩子们惊讶地看着她。马克西姆笑了：“小家

伙说得对。有时候最直接的方法就是最简单的解决方法。”

克拉拉白了魔术师一眼。“小家伙？”他怎么这么说？但是她很高兴他支持了自己的建议。

简短的“作战会议”之后，男孩子们也同意了去直接找豪普特曼的做法。马克西姆带着他们走进酒馆所在的慕尼黑老城的一条小街。三人在外面等着，他

进去揪豪普特曼出来。不一会儿，豪普特曼被马克西姆推着出来了。

“是你们？”工程师看见鲁道夫、约翰和克拉拉时惊讶地叫道。他脸色苍白，头发凌乱，给人感觉好几天没睡觉了。

约翰上前一步问道：“我们想知道，您在这里干什么？”

“这个……这个我跟你们说不清。”他结结巴巴地说。

“您在赌博，是不是？”克拉拉逼问。

“不是……对……但不是你们想的那样……”

“那是怎样？”约翰又问，“您跟柴油机遭破坏这件事有没有关系？”

豪普特曼惊讶地看着他们：“不，当然没有！你们怎么会这么想？”

“那您就给我们解释一下，您现在这是怎么回事。”鲁道夫也发问了。但是他没有得到回答。因为工程师豪普特曼突然脚底抹油，开溜了。

剩下四个人在那里面面相觑。“要不要把他拉回来？”马克西姆问。

“不用了，没关系。”鲁道夫说，“他已经在不知不觉中给我们留了一条线索。”

?鲁道夫所说的“线索”指什么?

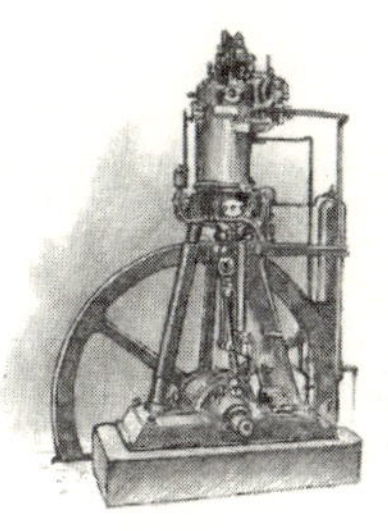

守夜人

鲁道夫给其他人讲了他的发现，那就是其中一台机器上竖着半截熄灭的蜡烛。“但是工程师口袋里写着医院的纸跟破坏事件或者赌博有什么关系呢？”克拉拉皱着眉说。

“这个我也不清楚，”鲁道夫说，“但是我们会搞清楚的。我反正觉得豪普特曼先生没有搅和到破坏团伙中去。他对于我们的怀疑表现得无比吃惊。”

克拉拉晃着小脑袋：“但是如果他跟这件事没有关系，那他为什么要跑呢？”

“对，”约翰同意妹妹的说法，“我们或许应该去一趟医院，你们觉得呢？”

鲁道夫和克拉拉点点头。三人同马克西姆告别。

“现在怎么办？”到了医院门口，约翰问。

这个问题也把约翰问住了。毕竟他们除了医院的名字之外没有读到任何信息。豪普特曼先生跟医院有什么关系，依然是个谜呢。

小型作战会议之后，他们决定就在咨询台打听一下豪普特曼。

咨询台后坐着一个穿制服的小胡子。他用严厉逼人的目光看着三个来客，问道：“不知能否问问三位的来意啊？”

“我们想拜访一个人。”约翰果断回答。

“这样啊。拜访谁？”

“豪普特曼先生。”

“哪个科？”

“嗯……”约翰不知道该怎么回答这个问题。

“疾病科！”站在男孩子后面的克拉拉回答说。

小胡子呆呆地看了他们几秒钟，然后他的身体抖动起来，先是微微地抖，然后越来越剧烈。最后他捂着自己的大肚子放声大笑起来。

“疾病科！”他呼哧呼哧地说，“很好！我还没听过这个说法！”但是他的笑来得突然，收得也突然。忽然一下子，他的脸变得严肃了。

“我想，你们现在应该赶快撒开小短腿去‘外面科’。”他抬起胳膊指着门，“别等着我轰你们！”

三人都不想被轰。他们瞬间回到了门口。

“吃一堑长一智，我们经过这么多困难，却一点儿也没有变聪明。”克拉拉叹气道。

“我们把事情告诉爸爸，”鲁道夫安慰她说，“我敢打赌，他一定能顺利地打听出更多消息。”

说话间已经是正午了，太阳热烈地映照着。他们寻求新鲜事物的愿望已经得到满足，于是决定去展馆拿泳衣和野餐篮。他们走到伊萨尔河边，度过了数天以来最安静的几个小时，没有想奇怪的事件和柴油发动机。

回到煤炭岛后，他们看到一切正常，仿佛破坏者停止了行动。

“我不相信这种平静，”鲁道夫说，“还有两天展览就要开幕了。我猜，他们今天或者明天晚上会再次出击。我们必须避免这件事情发生。”他从兜里掏出一把钥匙。

“这不会是……”约翰说。

“是的，这就是展馆的钥匙。”鲁道夫把钥匙放了回去，“我们今晚得埋伏在展馆里，没准就能抓到坏人们。”

“我们的爸爸妈妈绝不会同意我们这么做的。”克拉拉说。

“没错。”约翰表情失望。

“你们觉得，我的爸爸会同意我这么做吗？”鲁道夫神秘地笑着说，“我们当然要耍个小花招。”

“什么小花招？”克拉拉不解地看着鲁道夫。

“很简单：我告诉爸妈，我要去约翰家睡；而约翰说，他要来我家睡！”鲁道夫洋洋自得地看着两个小伙伴。

“那我呢？”克拉拉一点儿也不激动，“我怎么办？”

“咳，这个嘛，”鲁道夫清了清嗓子，“可惜你不能来了。你爸妈想必不会同意你在我家睡。”

“无耻！”克拉拉恼恨地叫道，“只因为我是个女孩，就不能参加行动了？”

“像男子汉一样接受这个事实吧，克拉拉。”约翰坏笑着说。

“我不会接受的！你们等着瞧，看我会不会来！”

克拉拉倔强地背起东西走了。

鲁道夫轻轻地带上自己房间的门。他肩上挎着一个皮包，里面塞着他的睡衣和牙刷——都是用不着的东西。他非常兴奋，这是他第一次向父母撒谎。鲁道夫安慰自己，他出去看守机器也是为了爸爸，所以撒个小谎没什么大不了。

他去客厅跟妈妈说了再见。爸爸正和胡伯先生在书房讨论技术问题。

出了家门，鲁道夫朝盖特纳兄妹家的方向走去，在街转角却改变了方向。天还没黑，毕竟现在还没到8点。约翰已经在后面一个路口等他了。他们神秘地互相笑笑，踏上了深夜冒险的路程。

在这个不冷不热的夏天的晚上，街上还有很多行

人。他们有的只是在闲逛，有的要去伊萨尔河边，还有的要去露天啤酒馆。两个男孩子快走到通往煤炭岛的桥上的时候，听到身后有匆忙的脚步声，他们还没来得及转身，克拉拉出现在他们身边，肩上也背着一个包。

“你怎么过来的？”约翰很吃惊。

克拉拉笑开了花：“不要小看我们女孩。你们会的，我也会。”

“可是你是怎么跟爸妈说的？”鲁道夫想知道。

“这个嘛，”克拉拉得意地说，“我也有为我撒谎的朋友啊。妈妈以为我去了玛丽安娜家。她来家里接

我了。”

“不错。”约翰为自己有这样机智果敢的妹妹而感到骄傲。

他们一起继续前行。煤炭岛告别了白天的喧嚣，一片安静。他们没有立即去狄塞尔展馆，而是决定在草丛后面等天更黑一些再行动。

他们放下挎包，坐在热乎乎的草丛里。从这里他们可以很好地观察喷泉广场，而且不会被人看见。克拉拉从包里掏出几个纸包，递给另外两个人：“我带了吃的。”

男孩子们谁也没有推辞。

“有你同来还挺好的。”塞了一嘴食物的约翰含混不清地说。

他们默默地吃着东西，等待天黑。天上亮起万盏星星的时候，他们走到了展馆前。鲁道夫小心地把钥匙插进锁孔，拧了一下。门开了，声音很轻，但是这声音在静谧的夜晚听起来像炮弹一样响。他们吓得

赶紧借着并不明朗的月光往四周看看，似乎没有人注意到他们。他们一个跟着一个通过小门缝闪了进去，随手关上了门。

“呼——”约翰吐了口气，“希望没人听见。”

话音还没落地，门外就传来了脚步声。三个人蹲下了身，紧紧地贴着门旁边的墙。

“哦哦！”鲁道夫轻呼，“我把钥匙忘在锁孔里了！”

脚步声在门前停下了。

“这是什么？”一个男子的声音。门把手被慢慢地按下，门开了。他们一动不动地躲在门后，屏住呼吸。克拉拉闭上了眼，准备随时被发现。爸爸妈妈要生气了，等着回家挨骂吧。

一个穿制服的人走了进来，右手提着一盏灯。他举起胳膊，在屋里照了一圈。还好他没有往身后看。

“这些笨蛋，钥匙都忘拔了。”他嘟哝着，转身带上了门。三人听见钥匙在锁孔里转了转，然后脚步声渐渐远了。

一时谁都没动，最后约翰呼了口气，“好险啊！”然后他站了起来。

克拉拉走到门边，小心地往下掰了掰把手。“我们被锁在这儿了。”她懊恼地说。

“见鬼！”约翰道。

鲁道夫耸耸肩：“我们一定能出去的，现在我们先找个藏身的地方吧。”

他们的眼睛已经适应了半黑的状态，可以看清机器的轮廓。

突然，克拉拉叫道：“我想，有人已经先我们一步来到这里了！”

? 克拉拉为什么说有人已经先到这里了?

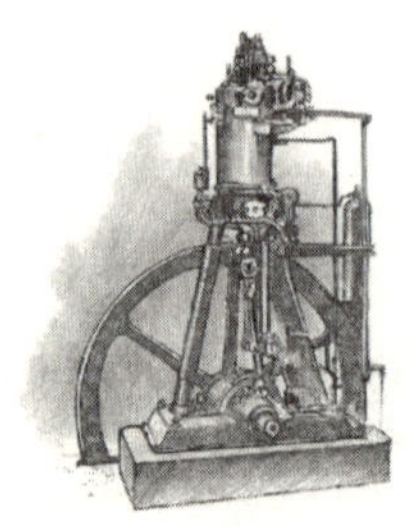

绑架

他们赶快跑到蜡烛那里，鲁道夫伸手摸了摸。

“蜡还没有凝固。”他说。三个人面面相觑。这只有一种意思：除了他们三个人，另有旁人也在展馆里。他们睁着惊恐的眼睛在黑暗中搜寻。

“现在怎么办？”约翰低声问。

“我们可以大声喊叫，”克拉拉说，“或许守夜人会听见我们的喊声拐回来。”

鲁道夫摇头：“我们的喊声传不到外面。”

“没错，”一个声音说，“你们尽管叫喊，没有任何用的。”

咨询台后面升起一个黑影。

“快！大家分散开！”鲁道夫叫道，“他不能同时抓住我们三个！”

三人向各个方向跳开，克拉拉蹲在了门后阴影里，约翰和鲁道夫分别逃到了机器后面。

那条黑影从咨询台后面走出来，几步跨到他们刚才站的位置，点燃一根火柴。瞬时，鲁道夫和约翰看见了一张映在跳动的烛光下的熟悉的脸——竟然是在露天啤酒馆见过的破坏者！

那人端起蜡烛，脸被照得像幽灵一般。“你们这些自以为古怪精灵的小东西，”他说，“成天净管些跟你们没关系的事，现在你们要知道厉害了。”

“放了我们！”约翰喊道，“反正你也不可能把我们三个都抓到。”

“不能吗？我不能把你们都抓到？”那人脸上掠过一丝狞笑，他快步朝门的方向走去，伸手抓住了克拉拉。

克拉拉又掐又踢，拼命反抗，“放开我！”但是无济于事。

“我只要抓到你们的朋友就够了。如果你们不按我说的办……”

这时有人从外面往锁孔里插了一把钥匙，三个小朋友心中随之重新燃起了希望。约翰和鲁道夫看见

门一点点打开，便从机器后面跳出来。“救命！”他们喊。

破坏者没有任何要躲的打算。他气定神闲地拿着蜡烛站在那儿。借着烛光，人们看清了来者的脸——是工程师胡伯。

胡伯进来关上了门，目测了一下室内的情景。破坏者和三个孩子的存在似乎并没有让他感到意外。

“胡伯先生！”鲁道夫叫着跑向他，“这个人，他曾经破坏过我们的马车，现在他又想毁坏机器！”

胡伯看了看依然挟着克拉拉的破坏者，摇了摇头说：“被三个小破孩撞见了？真不走运。”

破坏者不好意思地耸了耸肩：“谁知道这些讨厌鬼今晚会出现在这里。”

鲁道夫诧异地看着他们。为什么破坏者这么淡定？他心里升起了一个可怕的疑团：胡伯先生难道是……

胡伯接下来说的话印证了他的猜测——

“那么我们就得看看怎么尽可能不受阻挠地行动了。这个小姑娘我们带着，这样至少能让两个臭小子安静些。”

“您跟他们是一伙儿的？”鲁道夫还是不敢相信，“您在我爸爸的饭桌上吃饭，却想害他？”

胡伯不屑地看了一眼鲁道夫：“你不会明白的。对于你来说，你爸爸是个英雄，但是我对他却是另一种看法。这些机器是他的，没错，但它们也是我的！也许他提出了理念，但是没有我的协助，他永远没法把机器造出来！”

“你撒谎！”鲁道夫气急了，他冲到胡伯身边，要以拳相砸，却被粗暴地推到了一边。

“注意你的用词！否则我们不客气了！你已经给我们带来够多麻烦了。”胡伯转身对同伙说，“我们走！”

克拉拉重新开始踢打挣扎。

破坏者把蜡烛递给胡伯，一只手把她拎了起来，另一只手堵在她的嘴上。

“你们如果想让你们的朋友平安回来，就待在这儿别动，直到明天！”胡伯警告他们。他打开门，吹灭了蜡烛，扔到鲁道夫面前，跟那个人带着还在反抗的克拉拉走了。两个男孩听见钥匙在锁孔里拧动的声音。

“现在好了。”约翰不安地咬着嘴唇说。

“他们承诺了，只要我们在这里待着，他们就不会对克拉拉做什么。”鲁道夫试图安慰他的朋友，但是他自己也觉得在这儿干等着第二天早上工人们到来不是个好主意。

他们垂头丧气地坐在地上，大约过了十几分钟，听到一阵金属的响声。几秒钟后，门开了，一个熟悉的声音在黑暗中喊：“有人吗？”

是魔术师！约翰和鲁道夫激动地跳了起来。

“那我们把这些坏蛋抓回来！”马克西姆听他们

讲罢事情经过，推着他们走到门边，说，“路德维希桥附近有个马车站，他们很可能逃到那儿去了。毕竟带着一个又掐又踢的小姑娘，他们不太可能畅行无阻。但是有马车他们就能去想去的地方了。”

他们快步走在煤炭岛上的时候，鲁道夫问马克西姆怎么来这里了。马克西姆笑着回答：“我是魔术师，忘了？我看见展馆里有光亮，就知道事情不对了。我从你们口中听说过展览的事，所以我就想，我应该进来看看。”

“那您是怎么打开门的？”约翰喘着气问。

“一个擅长从手铐和绳索下逃亡的魔术师，要弄开一个蠢笨的铁锁，恐怕不是一件难事吧？”马克西姆说。

“万能钥匙？”鲁道夫问。但是魔术师没回答，马车站到了。

“在这儿等着。”马克西姆告诉他们。他走向一个车夫，问了个问题。车夫摇头，指了指队伍的前端。

魔术师回到他们身边，说：“他没看见两个男的带着一个小女孩，但是看见了一个行色匆匆的男人，戴着一顶深棕色的帽子，黑头发，想去中心火车站。”

“那是胡伯！”鲁道夫喊。

“是，但是他把克拉拉和他的同伙丢在哪儿了呢？”约翰担心地问。

“嗯，”马克西姆挠着头，“显然他们还真是不愿意胳膊下夹着一个小姑娘招摇过市，连坐马车也不敢。这只能说明……”

“……说明胡伯的帮凶很可能把克拉拉藏在岛上某个地方了。”鲁道夫接过马克西姆的话说。

“那我留在这儿找她，”约翰做了决定，“你们去追踪胡伯。”

鲁道夫不想放下朋友一人在这儿，但是马克西姆支持约翰的建议。“小心点儿，别被他发现了。”他关心地嘱咐约翰，然后带着鲁道夫走向了他刚才询问过的那个车夫。

“我们需要你帮忙，海因里希。”他好像跟车夫很熟，“我们一定要追上刚才跟你说的那个乘客，就是去中心火车站的那个。”他把鲁道夫推上车，自己也坐了上去。车夫没有丝毫犹豫，轻轻拉了一下缰绳，调过马头上了路。马儿快步跑起来，不一会儿，就成了街灯下的一个小黑点。

约翰回转身，以最快的速度跑回了展馆。他左右一看，面前有多条道路。该走哪条才最有可能找到克拉拉呢？

?你能帮约翰找出正确的道路吗?

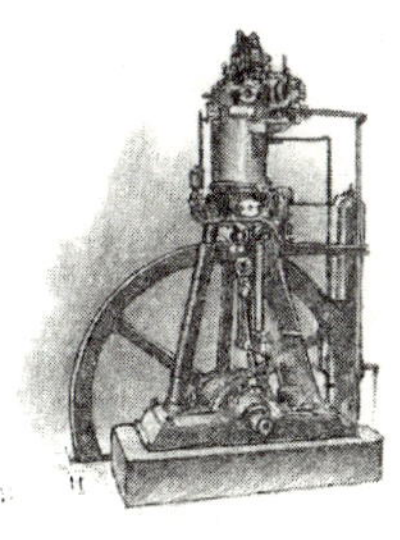

险象环生

约翰挠着头思考着。宽阔的大路肯定会被绑架者排除，以避免碰见巡夜的人。这时他看见右边小路上被踩趴下的花。他们一定往这个方向去了！不一会儿，这条路把约翰带到了一个光亮处，是滑梯所在的木塔。

他仔细听了听，没有声音。他弯着腰借着黯淡的月光溜到木塔前。突然，一个声音打破了夜色。约翰吓呆了，然后他不禁摇起头来，笑自己居然被一只枭鸟的叫声吓成这样。他小心地走到塔的入门处。门是虚掩的，很容易拉开。破坏者是不是把克拉拉弄到上面去了呢？

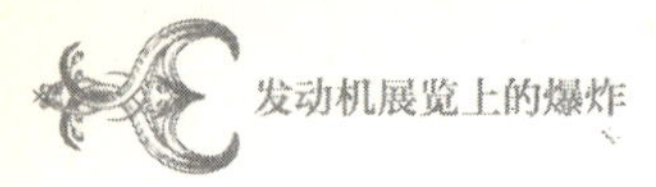

塔内非常黑。约翰战战兢兢地摸索着爬楼梯，并尽可能地把脚步放轻。时不时有咯吱咔嚓的响声吓他一跳。他停下来听，又没有声音了。

他真希望鲁道夫和马克西姆现在跟他在一起，一个人在这个黑咕隆咚的塔里面让他很恐惧。

马车呼啸着载着马克西姆和鲁道夫前行。刚拐进太阳大街，车夫就用马鞭指着前面叫道："看，在那儿！"

两位乘客顺着他指的方向望去，只见另一辆马车停在前面路灯下，车夫站在地上捣鼓着前轮，车上只坐着一个乘客，正焦躁地跟车夫说着什么。

"他们的车出故障了！"马克西姆叫道，"现在可要被我们抓住了！"

车夫海因里希在抛锚的马车旁边勒住了缰绳。那位乘客果然是胡伯。他认出鲁道夫的时候已经太晚了，马克西姆已经从一辆马车跳到了他所在的马车上，并

抓住了他的胳膊。他们对抗了几招，最后身形明显瘦于对手的魔术师胜出。他从后面搂住胡伯，海因里希拿了根皮带过来，和鲁道夫一起绑住了工程师。

胡伯的车夫目瞪口呆地看着这一切。马克西姆连说带比画地给他和海因里希讲了胡伯的所作所为。

“我们得回去帮约翰。”鲁道夫催促道。马克西姆跟两个车夫简短地商量了一下，决定让胡伯的车夫把

被绑的胡伯送到最近的警察所去，海因里希带他和鲁道夫回煤炭岛。

约翰爬了半天，才到达了木塔顶端。敞开的门后面是一个用来把船放下去的平台。现在这里没人。——也可能有人？约翰眯上了眼，那儿有个黑色的东西躺在地上。而且，它在动！约翰捂住了嘴。是克拉拉！她被绑着丢在了这里。

“克拉拉！”约翰没有迟疑，冲进了门里。他蹲下身，把克拉拉嘴上塞的布拿掉。克拉拉睁着大眼睛，一边摇头一边吱吱啊啊地发着不可理解的声音。她是想对他说什么吗？约翰扭过头，看见一个高大的身躯正向自己逼来，是破坏者。这家伙藏在门后，就是等着追踪者进门走到平台上来。

约翰机智果断地滚到了一边。那人抓了个空，同时被躺在地上的克拉拉绊了一下。他站不稳，打了个趔趄。约翰跳起来补上一击，使他彻底失去了平衡。

他扑腾着歪到了平台边缘的滑梯上。只听一声惨叫，他滚了下去，重重地砸进了水里。

约翰没有时间看破坏者落水。他解开克拉拉的绳绑，然后紧紧地抱住了妹妹。

忽然鲁道夫的声音从黑暗中传来："约翰，克拉拉，你们没事吧？"

兄妹俩小心地探身往栏杆下看，在昏暗的灯光和月光下，他们看见了鲁道夫的身影。

“是的，一切平安。”约翰回应道，“只是破坏者跑了。”

“这个有马克西姆处理！下来吧！”

约翰和克拉拉从塔上下来，跟底下的人会合到了一起。鲁道夫旁边还站着马克西姆和海因里希，他们俩浑身都湿漉漉的，却神采飞扬。再看他们脚下，被绑的破坏者像一只“落水狗”一样蹲在那儿。原来他们已经把他从伊萨尔河中揪出来了。

鲁道夫拥抱了他的朋友：“真高兴又见到了你们！”

约翰也很兴奋：“只是不知道跟爸爸妈妈忏悔的时候还能不能这么高兴。”他指指喷泉广场。多位警察提着灯笼往这边赶来。

“第二届发动机和工作机展览会”的盛大开幕日到了。这天早晨，狄塞尔展馆的门还没有为众多的参观者打开，狄塞尔一家的亲人朋友先在大厅聚齐了。

孩子们跟父母一样穿着节日的盛装。不过对于马

克西姆来说，光鲜的衣服令他浑身不自在，他觉得这远不如自己的魔术师行头穿着舒服。旁边的车夫海因里希为了今天这个场合翻出了他最好的礼帽戴着。屋子的一角站着工程师豪普特曼，正跟一个工人说话。

机器都被重新彻底擦了一遍，在上午的日光下，大飞轮闪着金属光泽。其中一台已经开始突突运转了。狄塞尔先生踩到一条小凳子上，清了清嗓子，以便压过机器的响声。人们的说话声立即停止了，大家都看着他。

“亲爱的朋友们，”他说，“今天我们能站在这里，给大家展示第一批运行良好的柴油发动机，有几个人功不可没，我愿在此介绍一下。他们是我的儿子鲁道夫、他的朋友克拉拉和约翰·盖特纳，以及艺术家马克西姆·劳塞克，还有马车司机海因里希·贝肯那。”

鲁道夫的爸爸招手让他们站到前面来，他们都脸红了。鲁道夫听到爸爸称魔术师为“艺术家”，不禁感到好笑。

“另外，我还想特别提一下我忠诚的同事奥托·豪普特曼先生。没有他的努力协助，这些发动机就不会是诸位今天所看到的这样。”

所有人都开始鼓掌，豪普特曼腼腆地鞠了个躬。狄塞尔先生亲自到伊萨尔河左岸的医院打听了一下，了解到豪普特曼的太太正在那里接受治疗。她病得很重，急需转院。但是豪普特曼的工资根本不够治疗费用，无奈之下，他开始赌博，希望以此筹得所需的钱。

狄塞尔先生了解到这件事之后，立即给这位工程师预支了工资。第二天，豪普特曼太太得到了治疗。工程师的脸上露出了久违的轻松笑容。

“我就说到这儿吧。”狄塞尔先生结束了他的致辞，“这些发动机将开启一个新的时代，让我们请参观者进来，大家共享这项科技成果吧！”大家的掌声响起。

豪普特曼和一些工人将剩下的三台机器也启动起来。展馆的大门打开，外面等待的公众涌了进来。其中有一张熟悉的面孔被鲁道夫发现了。

鲁道夫用胳膊肘碰碰约翰："看，还认识他吗？"

"吕德斯教授。"克拉拉轻声说。

"全是谎言，一派胡言！"吕德斯脸涨得通红，兀自骂道，但是没有人理会他。鲁道夫、约翰和克拉拉看着他愤怒离去的背影，耳边响着参观者的赞叹声。

附录 1：答案

蓄意破坏

车轮内侧夹了块缀着扣子的碎布。

跟着他

其中一扇窗户的绊扣没有搭上。

在煤炭岛

对于一个简单的小商贩来说，他的衣着太精致贵气了。

威胁纸条

比较复杂的字如“爆炸”、“慕尼黑”写的是对的。

被困地下室

因为约翰踩到了狗粪，走路时就留下了一串脚印。

监督官

那人无名指上戴着写有字母“EC”的戒指。

发动机故障

豪普特曼的上衣口袋里装着一张表格，上面写有“伊萨尔河左岸医院”字样。

守夜人

其中一台机器上竖着半截熄灭的蜡烛。

绑架

右边的小路边上有几株花草被踩踏了。

附录 2：鲁道夫·狄塞尔生平

◆ 1858 年 3 月 18 日，鲁道夫·克里斯蒂安·卡尔·狄塞尔（Rudolf Christian Karl Diesel）作为家里的第二个孩子在巴黎出生。父亲泰奥多·狄塞尔（Theodor Diesel），母亲名叫爱丽丝（Elise）。

◆ 1870 年，12 岁的狄塞尔获得“基础技能公司（Société Pour l'Instruction Élémentaire）”铜奖。7 月 19 日，法国对普鲁士宣战，8 月 28 日，宣布逐出外籍居民。9 月 5 日，狄塞尔一家离开巴黎，迁往伦敦居住。10 月 1 日，鲁道夫·狄塞尔从伦敦动身去奥格斯堡（Augsburg），作为养子跟克里斯托弗·巴尼科尔（Christoph Barnickel）教授和他的妻子贝蒂 (Betty) 生活了 5 年。

◆ 1873 年，狄塞尔以第一名的成绩从职业学校毕业。

◆ 1875 年，狄塞尔以第一名的成绩从工业学院毕业，进入慕尼黑工业大学学习。

◆ 1877 年，狄塞尔的父母搬到慕尼黑居住，狄塞尔跟父母住在一起。

◆ 1879 年，狄塞尔的第一份论文付印。

◆ 1880 年，狄塞尔从慕尼黑工业大学毕业，他的毕业考试成绩是该校建校以来最好的。同年，他去林德集团（Linde）旗下的制冰厂实习，1881 年成为该厂的厂长。

◆ 1881 年 9 月 24 日，狄塞尔递交了第一份专利申请。

◆ 1883 年 11 月 24 日，狄塞尔与玛塔·弗拉舍（Martha Flasche）结婚。

◆ 1884 年，儿子鲁道夫出生。

◆ 1885 年，女儿海蒂出生。

◆ 1889 年，儿子阿于根出生。

◆ 1890 年，狄塞尔带全家迁往柏林，供职于林德集团。

◆ 1892 年 12 月 23 日，狄塞尔获得内燃发动机专利。

◆ 1893 年 4 月，狄塞尔放弃了在林德的工作，专心研制自己的发动机。

◆ 1893 年至 1897 年，狄塞尔在曼恩集团（MAN SE, Maschinen-fabrik Augsburg-Nürnberg）研制柴油发电机。

◆ 1895 年，全家迁往奥格斯堡，之后又迁往慕尼黑。

◆ 1898 年夏，四台柴油发电机在第二届慕尼黑发动机和工作机展览会上展出。

◆ 1900 年，柴油机在巴黎世博会上获得大奖。

◆ 1908 年，狄塞尔建造第一台小型柴油机、第一辆柴油载重汽车和第一辆柴油机车。

◆ 1913 年 9 月 29 或 30 日，鲁道夫 · 狄塞尔在去英国途中于英吉利海峡落水身亡。

附录 3：狄塞尔和他的伟大发明

鲁道夫·狄塞尔

鲁道夫·克里斯蒂安·卡尔·狄塞尔于 1858 年 3 月 18 日出生于巴黎。他的父亲泰奥多从事皮革生产。

德法战争爆发后，由于父母迁往伦敦，狄塞尔被寄养在奥克斯堡姑姑家。姑父是数学教授。

狄塞尔在奥克斯堡上了中学和工业学院，之后进入慕尼黑工业大学，他的理想是成为一名工程师。大学毕业后，他回到了巴黎，供职于林德集团制冰厂在法国的办事处。此时期他开始进行研究发明工作，获得了多个制冰工艺方面的专利。同时他也开始发展新型发动机的构思。

1890 年，狄塞尔从巴黎回到柏林，1892 年 2 月 27 日向柏林皇家专利局递交了他的第一项发动机专利申请。

此时狄塞尔开始寻找投资商，以便制造自己的机器。他找到了曼恩集团和克虏伯公司等投资商。狄塞尔迁往奥格斯堡，在那里研制他的机器。

1895 年 11 月，第一台柴油机连续运行起来。接着出现了第二台，第三台……解决了最后一个技术问题以后，柴油机渐渐普及开来。1908 年，以小型柴油机作为驱动的第一辆柴油机车和第一辆载重汽车被制造出来。1912 年，第一艘由柴油发动机驱动的轮船起航。

鲁道夫·狄塞尔与妻子玛塔生有三个孩子。大儿子生于1884年，沿袭了他的名字；女儿海蒂生于1885年，小儿子阿于根生于1889年。

由于狄塞尔年纪轻轻就有了高收入，所以一家人衣食无忧。尽管如此，他们还是经常处于坎坷起伏中。他不掩饰他想赚钱、成为百万富翁的愿望，而且他实现了这个愿望。但是作为天才的发明家，他却不是经商的料。去世前不久，他为了还债，卖掉了位于慕尼黑的别墅。

鲁道夫·狄塞尔是一个不知疲倦的人，不只研制发动机，他总是有大计划，想着怎么才能改变整个人类的命运。

但这些计划显然超出了他的能力，其后果就是狄塞尔精神严重崩溃，住进了疗养院。1913年9月29日，狄塞尔动身前往英国，从甲板上摔了下去，溺死在英吉利海峡中。直到今天，人们仍然不完全清楚，他的死是意外还是他有意为之。

第二届发动机和工作机展览会

1898 年夏，狄塞尔的重要发明——柴油机在第二届发动机和工作机展览会上展出。其他参展的还有织布机、牛奶离心器、印刷机、车床、圆锯等工作机，以及蒸汽机、燃气发动机、汽油发动机、电动机、煤油发动机等发动机。

吸引游客的一件主要展品是一个大型戏水滑梯。人们可以坐在滑车上，由滑梯滑入伊萨尔河中。然后，木制的滑车再由机械拉回上面。

展区位于伊萨尔河中长约 800 米的煤炭岛。这个小岛从中世纪开始就被人们用来堆放煤炭和建筑木材，由此得名。后来它被改建为旅游观光和展览区。在一个古老的兵营旁边，一系列展览馆被建造起来。今天，小岛上还坐落着德国自然科学与技术成就博物馆。因此，它也被称为博物馆岛。

1898 年，四台不同工厂建造的发动机在煤炭岛狄

塞尔展馆展出。每台机器都有一个汽缸，驱动着大飞轮。展区有个将展馆中的水排到伊萨尔河中的水泵，就是用这些机器驱动的。

每天早晨，冷机器都会出现一个问题，即由于喷油嘴的一个缺陷，机器总是剧烈晃动，发出爆鸣声。于是人们想了个办法，早早地启动它们，给它们预热，在展馆马上就要开门迎客的时候再把它们熄灭。这样它们接下来就能完美运行了——至少大部分情况下是这样。不过恰巧路德维希王子来参观的时候，机器不灵了。幸好王子没有在意，开玩笑说：“我喜欢这个展馆的安静，让人感到很舒服。”

然而，不是每个人都感到那么“舒服”。狄塞尔也有仇敌，例如工程师埃米尔·卡皮庭。他也从事新型发动机的研制，申请了一系列改善煤油发动机喷嘴装置的专利。这些发动机与狄塞尔的发动机有某种相似之处。

1897 年，卡皮庭起诉了狄塞尔的专利。他声称，柴油机的基本原理早已经被他研究出来了。虽然他的起诉被驳回了，但是他依然经常公开指责狄塞尔。

今天在德意志博物馆，埃米尔·卡皮庭被作为狄塞尔的先驱加以尊敬，因为人们慢慢认识到了，他的观点也并非完全不合情理。

狄塞尔的另一个对手是大学教授约翰内斯·吕德斯（Johannnes Lüders）。这位教授从狄塞尔申请第一项专利时就盯上了他。他们矛盾的高潮出现在 1913 年吕德斯写了《柴油神话》（*Der Dieselmythos*）后。吕德斯写道，狄塞尔造出来的柴油机跟他专利中所写的原理没有任何关系，根据狄塞尔的专利说明不可能制造出能运行的机器。

研究者后来发现，吕德斯的指责也并非完全没有道理。狄塞尔自己在申请第一项专利后不久递交了第二份专利申请，改正了之前的说明。

约翰内斯·吕德斯确实参观了狄塞尔的展馆，但实际上没有人蓄意破坏展馆中的机器，这是我们编出来的故事。“胡伯”和“豪普特曼”两个工程师也是虚拟人物。

柴油发动机

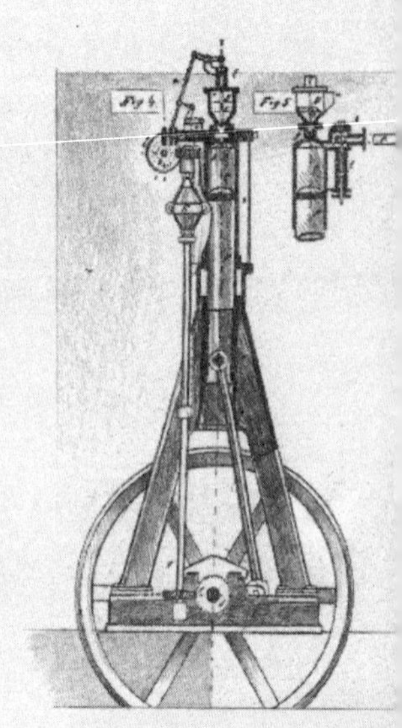

柴油发动机和汽油发动机一样属于“爆炸机”。空气和燃料的组合在汽缸中被引爆，由此推动活塞，活塞又推动转轴，把爆炸产生的能量转移到轮子或其他传动装置上。

柴油机的特别之处在于，它不用点燃火花，而是通过超强压缩，把空气变热，温度升到足以点燃喷到活塞中的柴油燃料。柴油发动机比汽油发动机或者蒸汽机要高效很多，它需要的能量少。但由于它的重量大，所以一开始只是用于大型工厂机器的推动。不过不久，适用于轮船、机车或载重汽车的小型柴油发动机出现了。就这样，柴油机渐渐取代了体积又大能效又低的蒸汽机，取得了辉煌的胜利。慢慢地，很多轿车也安上了柴油发动机。

附录 4：实验和启发

蒸汽蛋壳船

这个小实验展示了蒸汽的力量。由于实验过程中可能出现困难棘手的情况，为了保险起见，最好请爸爸妈妈来帮忙。

你需要：

◆ 1 块泡沫塑料板

◆ 1 把小刀（锋利一点儿的）

◆ 1 只生鸡蛋

◆ 1 根针

◆ 4 个钉子（约 6 ～ 8 厘米长）

◆ 1 支针管（医院里可以找到）

◆ 1 只茶蜡（或一截蜡烛）

◆结实的胶带

◆浴缸（或其他大型的盛水容器）

用针在鸡蛋的两端各刺一个小孔。底下较宽的一端可以刺得大一点儿（直径 2 ～ 3 毫米），上面较尖的一段应刺得尽可能的小。接下来小心地把蛋黄和蛋清从较大的孔中倒出来。

从泡沫塑料板上切下一个船形。把茶蜡放在上面。茶蜡四周插上钉子，插的时候要注意，要使得鸡蛋能够相对稳固地架在钉子上，鸡蛋下侧跟茶蜡之间有约 2 厘米的距离。

用针管往蛋壳内注入约 4 毫升水。然后用胶带把较大的孔牢牢地粘住。现在，把鸡蛋架在钉子上，小孔朝后。点燃茶蜡。

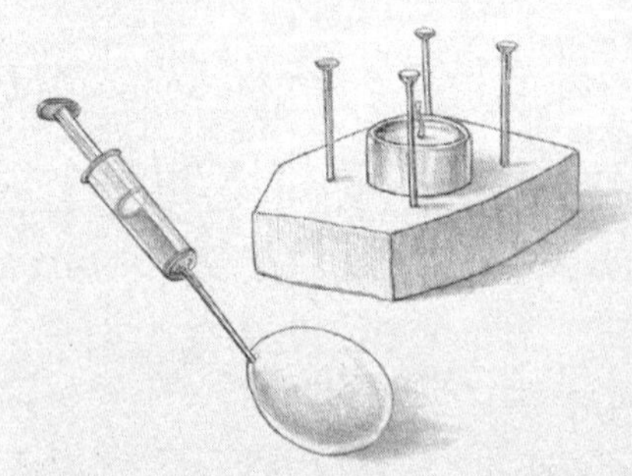

现在把带有燃烧着的茶蜡的“小船”小心地放在有水的浴缸或大盆中。几分钟后，鸡蛋上的小孔中会喷出细细的蒸汽。小船在蒸汽的推动下开始向前移动。

原理：水蒸汽比水占的空间大得多。蛋壳里的水转化成蒸汽以后，蒸汽没有地方可去，只能从小孔中溢出，此过程中产生向后的推力。而每一个力都会有一个大小相同、方向相反的反作用力，因此不仅蒸汽往后喷出，小船也会被往前推动。

注意！

蛋壳和蒸汽温度很高！实验过程中，不要把手放在行驶的小船附近！

为了安全起见，准备好一桶水，以防失火。

附录 5：作者和插画家介绍

作者——格尔特·吕本斯特隆克（Gerd Rueben-strunk），在实现他儿时的梦想成为自由撰稿人之前，做了很多其他有趣而美好的事情——他当过老师、广告文案、电视编剧，环游了世界，在意大利和西班牙生活了一段时间，最后才修成正果，成为两个孩子的父亲和三个孩子的继父。

插画家——浩克·阔克（Hauke Kock），1965 年生于石荷州。他小的时候掉进了一只染料桶里，从此就跟画画结下了不解之缘。他在基尔读通讯设计专业时就开始编写儿童读物并为其画插图。1993 年，他成为自由插画师，从事插画至今。